LES PETITS LIVRES DE M. LE CURÉ,
Bibliothèque du Presbytère, de la Famille et des Écoles.

LES
PAINS DE SIX LIVRES,

PAR

M. S. H. BERTHOUD.

PAUL MELLIER, ÉDITEUR,
PLACE SAINT-ANDRÉ-DES-ARTS, 11.

30 centimes broché, 35 centimes cartonné.

DENIS-AUGUSTE AFFRE, par la miséricorde divine et la grâce du Saint-Siége Apostolique, Archevêque de Paris.

MM. Plon et Paul Mellier, éditeurs, ayant soumis à notre approbation les ouvrages ci-dessous indiqués, faisant partie d'une collection ayant pour titre : les Petits Livres de M. le Curé, Bibliothèque du Presbytère, de la Famille et des Écoles, savoir : *Histoire de Saint Vincent de Paul*, 1 vol.; *Histoire de Sainte Geneviève*, 1 vol.; *l'Habitant des Ruines*, 1 vol.; *le Contre-Maître*, 1 vol.; *le Père Lejeune*, 1 vol.; *Comment on devient heureux*, 1 vol.; *la Visite aux Prisonniers*, 1 vol.; *les Pains de six livres*, 1 vol., *les Péchés capitaux*, 2 vol.,

Nous les avons fait examiner, et, sur le rapport qui nous en a été fait, nous avons cru qu'ils pouvaient offrir aux personnes auxquelles ils sont destinés une lecture intéressante et sans danger.

Donné à Paris, sous le seing de notre Vicaire-Général, le sceau de nos armes et le contre-seing de notre Secrétaire, le quatorze mars mil huit cent quarante-quatre.

F. DUPANLOUP,
Vicaire-général.

Par Mandement de Monseigneur
l'Archevêque de Paris :

E. HIRON,
Chanoine honoraire, pro-secrétaire.

LES

PETITS LIVRES DE M. LE CURÉ,

BIBLIOTHÈQUE

du Presbytère, de la Famille et des Ecoles.

LES

PAINS DE SIX LIVRES,

PAR

M. S. HENRY BERTHOUD.

PARIS,

CHEZ PAUL MELLIER, LIBRAIRE-ÉDITEUR,

PLACE SAINT-ANDRÉ-DES-ARTS, 11.

1844

IMPRIMÉ PAR BÉTHUNE ET PLON, A PARIS.

LES

PAINS DE SIX LIVRES.

CHAPITRE PREMIER.

Un Boulanger.

Il n'y a pas bien long-temps, une femme jeune encore, vêtue avec élégance, et que trois jeunes filles accompagnaient, descendit de voiture devant la boutique d'un boulanger. C'était dans un des plus pauvres quartiers de Paris : on peut juger de la surprise du boulanger en voyant de pareils acheteurs s'approcher de son comptoir pour y faire des emplettes. Les jeunes filles demandèrent chacune un pain de six livres; elles tirèrent d'une bourse, richement brodée, l'argent nécessaire pour payer leur emplette, chargèrent les pains sur leurs bras délicats, et les portèrent jusqu'à la voiture. Après quoi, elles remontèrent elles-mêmes dans le landau, le cocher fouetta l'attelage et tout disparut.

La curiosité du boulanger fut vivement éveillée par cet incident. Il se demanda pour quels motifs des personnes qui habitaient évidemment un autre quartier que le sien, venaient tout exprès chez un humble boulanger, dans une rue pauvre, pour y acheter trois pains. Pourquoi ne chargeaient-elles pas de cette peine un des deux domestiques montés derrière le siége de la voiture? pourquoi laissait-on aux petites filles le soin de transporter elles-mêmes ces pains dont le poids dépassait presque leurs forces? pourquoi enfin, chacune d'elles avait-elle tiré d'une bourse particulière le prix de chaque pain? tout cela était autant d'énigmes différentes pour lui.

Huit jours après, également un jeudi, la voiture reparut, et s'arrêta de nouveau devant la boutique du même boulanger. Cette fois encore, deux jeunes filles seulement descendirent avec la dame inconnue et achetèrent chacune deux pains. Le boulanger jeta les yeux dans la voiture; il y vit la troisième jeune fille assise tristement.

« Et vous, ma jolie demoiselle, demanda-t-il en s'approchant du landau, ne vous vendrai-je rien aujourd'hui ?

La jeune fille cacha son visage dans ses deux mains et se prit à pleurer.

« Louise n'a point d'argent pour payer un pain, répondit la mère.

— Qu'à cela ne tienne, s'empressa de répliquer le boulanger; je ferai crédit à mademoiselle Louise. »

Il prit aussitôt, sur les planches qui garnissaient sa boutique, deux beaux pains et les porta à Louise, dont les larmes redoublèrent.

« Merci, monsieur le boulanger, dit-elle quand elle eut repris un peu de sang-froid, merci; vous venez de m'ôter un grand chagrin que je m'étais attiré par ma faute; soyez bien convaincu que je me montrerai digne de votre confiance. Dussé-je passer toutes les nuits au travail, je gagnerai assez d'argent, d'ici à huit jours, pour vous payer. »

Le boulanger sourit.

« Ne vous fatiguez point à passer les nuits, dit-il. A votre âge, mademoiselle, une pareille fatigue serait dangereuse ; si vous n'avez point, jeudi, la somme nécessaire pour me payer, j'attendrai. Je suis habitué à faire crédit, ajouta-t-il ; dans ce quartier, on compte plus de pauvres que de riches. »

La dame remercia le boulanger de la confiance qu'il voulait bien témoigner à sa fille, exhorta celle-ci à la justifier : elle remonta dans sa voiture avec ses enfants, sans remettre en secret au boulanger, comme il s'y attendait, le prix des deux pains.

« Voilà qui est singulier, se dit le brave homme. Cette dame possède un beau carrosse, se fait accompagner de deux domestiques et laisse sa fille me faire un crédit de quelques sous ! »

L'étonnement du boulanger devint encore plus grand, lorsqu'il vit le jeudi suivant se passer sans que le carrosse vînt, comme les deux semaines précédentes, s'arrêter devant sa porte. Il ne pouvait avoir été la dupe d'une escroquerie ; on ne vient point voler deux pains de six livres dans une riche voiture et avec des laquais en livrée. Il y avait évidemment une énigme dans toute cette aventure.

Quel était le mot de l'énigme? Là se perdaient ses conjectures et ses suppositions.

Le vendredi, le samedi, le dimanche s'écoulèrent sans que ses débiteurs inconnus reparussent. Enfin, le lundi, il entendit un bruit de pas de chevaux dans sa rue solitaire; il accourut sur le seuil de sa boutique : c'était la voiture mystérieuse.

La première des jeunes filles qui s'élança sur le marchepied, quand un des laquais l'eut déployé, fut Louise.

« Excusez-moi, monsieur, dit-elle en présentant au marchand de pain l'argent qu'elle lui devait; il m'a fallu travailler beaucoup pour regagner le temps que j'avais perdu la semaine dernière. Je n'ai pu compléter qu'hier la somme dont j'étais votre débitrice. Encore ai-je dû prier mes sœurs qu'elles m'aidassent. Grâce à Dieu, tout est réparé; je vous assure qu'à l'avenir je ne contracterai plus de dette. Si vous saviez comme j'étais honteuse, en songeant que vous m'accuseriez peut-être de négligence et de mauvaise foi! »

Comme d'habitude, les trois jeunes filles achetèrent chacune deux pains, les portèrent dans la voiture, et s'éloignèrent avec leur mère.

Le lendemain, le boulanger, préoccupé de cette aventure, la raconta à une lingère du quartier.

« Je tiens pour certain, répliqua celle-ci, que la voiture dont vous parlez est celle qui vient également tous les jeudis matin s'arrêter à ma porte. La dame a de beaux cheveux blonds : les jeunes filles peuvent compter l'une quatorze ans, l'autre treize, et la plus jeune douze environ.

» La première fois qu'elles sont venues chez moi cet été, pour me demander si je n'avais point d'ouvrage à leur donner, je me suis prise à rire.

— Mes bonnes dames, ai-je fait, comment voulez-vous que je vous donne de l'ouvrage ? Vous l'ignorez donc, je ne vends que des objets de lingerie façonnés avec de la grosse toile, et ça est pénible à coudre.

— Nous nous y habituerons, me répondit, d'un petit air capable, l'aînée des jeunes demoiselles, qui s'appelle Mélanie et qui a des cheveux blonds comme sa mère.

— Ce n'est point la première fois que nous cousons de la grosse toile, ajouta une petite brune à laquelle ses sœurs donnaient le nom de Louise.

— Sans doute ! dit de son côté Marie, la troisième : quand nous étions à la campagne, nous faisions pour les paysans des chemises de toile plus grosse que celles que je vois dans votre magasin.

— Je ne refuse point de vous donner de l'ouvrage, continuai-je. Cependant je dois vous prévenir qu'il faut travailler beaucoup pour gagner bien peu ; je suis obligée de vendre à très-bon marché : par conséquent, il faut que je rétribue de même les personnes que j'emploie.

— Rien de plus juste, dit la mère ; soyez assez bonne pour nous apprendre ce que vous payez par chemise.

« Je proposai mon prix.

» Les dames le discutèrent sou à sou, centime à centime ; enfin nous tombâmes d'accord : je donnai six chemises à faire. Huit jours après, le jeudi au matin, on me les rapporta. J'examinai si elles étaient cousues avec soin : rien n'y manquait ; il n'y avait pas le plus petit reproche à faire ; mes plus habiles ouvrières n'auraient pas mieux travaillé. Je payai à chacune des jeunes filles douze sous par chemise ; elles prirent cet argent avec empressement, me demandèrent de leur donner encore de l'ouvrage, et remontèrent en voiture.

— Et le jeudi suivant ? demanda le boulanger.

— Le jeudi suivant, reprit la lingère. Attendez, les choses ne se passèrent pas de même.

— Qu'arriva-t-il, voisine ?

— Lorsque mademoiselle Mélanie, l'aînée des trois filles, me remit les chemises qu'elle avait faites, je n'eus que des éloges à donner à la besogne ; il en fut de même du linge cousu par mademoiselle Marie. Quant à mademoiselle Louise, les coutures étaient faites sans soin; le point était inégal, et on remarquait partout le manque d'application.

— Je ne puis, dis-je, recevoir de la marchandise si peu soignée. Les acheteurs qui m'honorent de leur confiance me reprocheraient avec raison de la tromper. Je me vois donc forcée de vous laisser pour votre compte les deux chemises que vous me rapportez; je retiendrai la valeur de la toile sur le prix des premières chemises que vous coudrez pour moi, si vous désirez en coudre encore.

» Le visage de la jeune fille se couvrit d'une vive rougeur ; elle me regarda et regarda sa mère. Les traits de celle-ci restèrent impassibles ; on aurait dit qu'elle n'avait ni rien vu ni rien entendu. Je donnai aux deux autres jeunes filles l'argent que je leur devais; j'y joignis pour chacune de nouvelles chemises à confectionner. La petite Louise se tint éloignée de moi, et se dirigea vers la voiture.

» La mère me fit un signe.

— Si mademoiselle Louise, dis-je alors, ne veut point prendre de nouvelles chemises à faire, il faut qu'elle me rembourse la toile qu'elle m'a gâtée.

— Eh bien, reprit-elle d'un ton sec et irrité, maman vous remboursera.

— Moi? demanda d'une voix douce et ferme la dame, moi? à Dieu ne plaise que j'acquitte de pareilles dettes!

» Je présentai à la petite fille un paquet de quatre chemises taillées; elle les prit avec un mouvement plein d'orgueil et de dépit, et s'élança dans la voiture.

» Le jeudi suivant, je ne vis personne; le lundi d'après, voilà mon carrosse qui reparaît, et mademoiselle Louise qui m'apporte quatre chemises cousues dans la perfection: la meilleure ouvrière de Paris ne saurait mieux faire.

— A la bonne heure, dis-je, ceci vaut un sou de plus par chemise.

» Et je payai dix centimes de plus à chacune de mes petites ouvrières, car les sœurs de mademoiselle Louise avaient fait aussi bien qu'elle.

— Il n'y a plus à en douter, dit le boulanger après un instant de réflexion, ce sont les mêmes personnes qui viennent chez moi m'acheter du pain. Je veux, jeudi prochain, suivre la voiture, et savoir ce que signifie ce mystère.

— Je suis aussi curieuse que vous d'en connaître le secret, ajouta la lingère : en nous associant tous les deux, nous parviendrons assurément à connaître ce que signifie ce mélange de luxe et de pauvreté, et pourquoi des personnes riches, dans le but de gagner un salaire de vingt-quatre sous, dépensent huit ou dix fois cette somme en voiture. »

La conspiration décidée, les deux voisins se mirent sur leurs gardes et attendirent le jeudi avec impatience.

CHAPITRE II.

Les conspirateurs.

Le jeudi suivant, la lingère, après avoir vu s'éloigner de chez elle ses ouvrières mystérieuses, sortit aussitôt et courut se mettre en embuscade près de la maison de son voisin le boulanger. Comme elle s'y attendait, elle reconnut parfaitement, arrêtée devant la boutique, la voiture qui avait tout à l'heure amené à son propre magasin les trois jeunes sœurs et leur mère. Elle entra aussitôt chez le boulanger ; cette visite imprévue ne déconcerta en aucune façon ni la dame ni les filles.

« Ah ! dit la lingère avec un sourire, je ne savais pas que ces demoiselles travaillassent pour gagner du pain.

— Il en est pourtant ainsi, répliqua sérieusement la dame ; pas une seule de mes trois filles ne voudrait s'exposer à ne point avoir ce pain en sa possession. »

En même temps qu'elle disait cela, l'inconnue, que ses filles attendaient déjà dans la voiture les trois pains sur leurs genoux, remonta dans le landau. Le cocher fouetta aussitôt les chevaux, et la lingère, résolue à savoir jusqu'à la fin le mot de l'énigme, se mit, en compagnie du boulanger, à suivre, de loin, les personnages mystérieux.

La voiture n'allait pas très-vite ; les curieux, après cinq ou six minutes de marche, non-seulement ne l'avaient point perdue de vue, mais encore ils avaient pu s'assurer qu'elle s'arrêtait devant une de ces maisons misérables, habitées par de pauvres gens, et dans lesquelles se tiennent entassées toutes sortes de misères. Un long corridor, étroit, noir, humide, au fond duquel se dressait un escalier raide et glissant, formait l'entrée de cette maison. Après avoir hésité quelques instants, le boulanger et la lingère, s'encourageant l'un l'autre dans leur curiosité, et soutenus surtout par cette pensée qu'ils n'agissaient dans aucune mauvaise intention, se hasardèrent sur l'escalier et montèrent jusqu'au troisième étage. Là, dans une obscurité presque absolue, ils écoutèrent.

Une voix disait :

« Comment vous remercier de votre bonté, madame ? Grâce à vous, nous avons des vêtements et du travail autant que ma faible santé me permet d'en faire ; grâce à mesdemoiselles vos filles, le pain ne manque plus au logis... C'est une chose bien affreuse que de voir souffrir de la faim sa fille, son enfant, qu'on voudrait, au prix de sa propre vie, soustraire à des douleurs dont on connaît la violence puisqu'on les subit soi-même.

— J'espère que vous voici désormais à l'abri de pareilles épreuves, madame. Mes filles continueront à travailler activement pour vous et pour votre fille, jusqu'à ce que vous puissiez reprendre votre activité. Allons, mesdemoiselles, à l'œuvre! »

On entendit alors un bruit de chaises, semblable à celui de personnes qui s'installent pour travailler; bientôt il se fit un silence profond, qu'interrompaient seuls, de temps à autre, la toux sèche de la malade, ou quelque conseil de la mère des trois jeunes filles.

« Allons-nous-en, voisine, dit le boulanger, nous savons maintenant à quoi nous en tenir sur ces charitables personnes. Jeudi prochain je ferai amende honorable de ma curiosité en donnant à chaque jeune fille un pain de plus. Elles sauront en faire un aussi bon usage que des trois qu'elles ont emportés ce matin de chez moi, et qui seront distribués à d'autres pauvres; car deux restent dans la voiture.

— Et moi, reprit la lingère, je vais mettre la façon de mes chemises à quinze sous, pour mes trois jolies petites ouvrières. Je ne gagnerai plus grand' chose en vendant mes chemises ; mais si je fais de mauvaises affaires avec mes chalands, j'en ferai de meilleures avec le bon Dieu. »

Ils se disposaient à se retirer, quand tout à coup la porte, devant laquelle ils se trouvaient, s'ouvrit brusquement. Quatre joyeux éclats de rire saluèrent leur présence et leur confusion. Le boulanger, confus, tournait et retournait dans ses mains son chapeau, qu'il avait ôté, et n'osait lever les yeux ; la lingère partagea un moment la honte et la surprise de son voisin, mais elle ne tarda pas à se rassurer.

« Bah ! dit-elle, nous y sommes pris, et nous recevons une leçon pour notre curiosité ! Après tout, nos intentions n'étaient pas mauvaises. J'ai bien envie d'imiter ces quatre jolies demoiselles, et de rire comme elles de la mine passablement ridicule que nous devons faire tous les deux, surtout si la mienne ressemble à celle de mon brave voisin le boulanger.

— N'importe ! reprit celui-ci, je ne regrette pas, même au prix de la leçon qu'elle me coûte, d'avoir fait la découverte de la bonne action que

2

passais. Cela réjouit le cœur et fait bien à penser. »

En achevant ces paroles, il leva ses yeux, et les porta autour de lui. Il se trouvait dans une petite chambre tenue proprement, quoiqu'elle ne renfermât que les meubles les plus indispensables : un lit, une armoire, quelques chaises et un fauteuil, dans lequel se tenait une femme de quarante ans environ ; sur les traits de cette femme on lisait encore les ravages d'une maladie grave et longue.

« Entrez, dit-elle, entrez, que je puisse soulager mon cœur, en exprimant une fois du moins, avec liberté, ma reconnaissance pour cette bonne dame et pour ses trois filles angéliques, Elles sont venues découvrir ma misère dans cette maison ; elles m'ont arrachée à une mort certaine. Jugez combien était amer mon désespoir de mourir, puisque je laissais seule au monde et sans appui ma fille, ma pauvre enfant, qui ne compte que onze ans ! Tandis que la mère me donnait du linge, amenait un médecin et me faisait fournir des médicaments, les filles prenaient dans leur garde-robe ce qu'il fallait pour habiller ma pauvre Julie. Ce n'est pas tout, elles viennent chaque jour, pendant une partie de l'après-midi, faire les travaux de couture auxquels la maladie m'a obligée de renoncer. Elles secondent Julie ; elles luttent avec elle d'activité et d'ardeur. Digne mère, dignes filles, que Dieu vous bénisse et vous récompense comme vous le méritez !

— Puisque le hasard a rendu deux personnes témoins de ce petit mystère, interrompit la dame inconnue, il faut qu'elles le connaissent tout entier et qu'elles ne s'exagèrent pas le mérite de ce qui n'est qu'un devoir. Mes filles et moi nous venons utiliser quatre heures par jour près d'une mère que la fièvre empêche de travailler. N'est-ce pas notre devoir à nous, que la bonté de Dieu dispense de gagner notre pain par le travail de nos mains, de venir en aide et de consacrer nos loisirs aux personnes laborieuses réduites à l'inaction par la maladie ? Le reste de notre temps est employé à confectionner les chemises que madame la lingère veut bien nous confier. Avec le produit de ce travail, nous pouvons, chaque semaine, distribuer trois pains de six livres à trois familles de pauvres artisans.

— Vous êtes une bonne et charitable dame. Dieu vous bénira ; car vous donnez là de nobles et saints exemples à vos enfants.

— Je ne fais que venir en aide à ceux qui souffrent, comme on est venu jadis à mon aide quand je souffrais, et que je me débattais contre l'infortune. Je n'ai point toujours été dans l'aisance dont j'ai le bonheur de jouir maintenant; j'ai passé par de pénibles épreuves. Comme madame, j'ai été abandonnée, malade, entourée d'êtres aimés et souffrant du froid et même de la faim. Aussi, quand Dieu, dans sa miséricorde divine, a changé les mauvais jours en jours heureux ; quand, par un miracle inespéré, il m'a fait passer de la misère à une position calme et à l'abri de la pauvreté, j'ai pris avec moi l'engagement solennel et irrévocable de ne point perdre mon temps à des plaisirs futiles, et de consacrer aux autres les travaux que je n'étais plus obligée de faire pour moi-même. Ma récompense se trouve dans le travail même. J'éprouve une joie indicible à me rappeler les temps où le pain de la journée se trouvait au bout d'une tâche longue et pénible. Ce n'est plus pour apaiser ta faim et celle des tiens, me dis-je, que je manie l'aiguille et que je taille la toile ; les consolations que je ressentais pour moi, je les porte à d'autres. J'éprouve tant de bonheur, que j'ai voulu associer mes filles, dès leur plus tendre enfance, à de pareilles joies.

Dès qu'elles ont été en âge de travailler, je leur ai montré combien il était doux de prendre sa part des souffrances humaines, et d'en diminuer le fardeau en le partageant.

» Elles m'ont compris, et voilà pourquoi nous sommes ici aujourd'hui, et pourquoi jeudi madame la lingère et M. le boulanger recevront notre visite. »

La lingère avait senti plus d'une fois ses yeux s'emplir de larmes durant ces paroles, et le boulanger avait dû recourir à son mouchoir pour essuyer ses joues humides.

« Vous avez été pauvre! vous, madame? bégaya enfin ce dernier. Quoi! il vous a fallu travailler pour vivre? vous avez passé par les angoisses de la misère!

— Assurément, répliqua-t-elle, et je bénis Dieu de m'avoir soumis à ces épreuves. Tenez, puisque le hasard nous réunit, puisque vous ne savez point et que vous ne saurez jamais mon nom véritable, car il serait indigne à vous de chercher à me voler ce que je veux vous cacher de mon secret, je vais vous conter les premières années de ma vie. Elles seront un enseignement pour tous, et une consolation et un motif d'espérance pour notre chère malade. D'ailleurs, je ne puis trop répéter cette histoire à mes filles, afin de leur apprendre combien la fortune est fragile et par quels coups inattendus elle frappe ceux qui comptent le plus sur elle et qui semblent avoir le droit d'y compter.

» Asseyez-vous près de moi... Mais n'allez pas croire que je vous dirai cette histoire sans payement et que je vous laisserai m'écouter à rien faire. Vous, monsieur le boulanger, voici de la charpie à préparer. Quant à vous, madame la lingère, qui êtes notre maîtresse à tous, vous allez tailler ces robes pour la petite Julie, et vous surveillerez la manière dont les quatre jeunes filles assembleront et coudront votre besogne. Enfin il y aura une chemise donnée à une petite fille pauvre et un pain de six livres remis à un indigent, aux dépens de mon auditoire.

— C'est convenu, dit gaiement le boulanger, qui commençait à se sentir à l'aise devant l'inconnue. Jeudi prochain, je vous donnerai huit pains au lieu de six.

— Moi, j'habillerai une petite fille des pieds à la tête, reprit la lingère.

— Me voici payée à l'avance; il faut que je gagne convenablement mes honoraires, répondit la dame avec un sourire; mettons-nous tous à la besogne, je commence mon récit. »

Chacun, à l'exception de la malade, s'assit et prit de l'ouvrage. La lingère et les jeunes filles faisaient courir leurs aiguilles ou manœuvrer leurs ciseaux ; le boulanger effilait gravement de la charpie, quoique ses gros doigts ne fussent guère propres à un travail auquel il s'essayait d'ailleurs pour la première fois.

CHAPITRE III.

Dieu veille sur les orphelins.

Ma mère, dit la dame inconnue, habitait à Paris, dans le Marais, un petit hôtel où se trouvaient réunis tous les agréments qui peuvent donner du bien-être à la vie. Nous avions plusieurs domestiques à notre service. Cependant, malgré ces apparences de grande fortune, la sainte femme avait voulu que, dès notre plus tendre enfance, nous fussions, mes sœurs et moi, habituées au travail ; elle m'avait enseigné à broder et à coudre avec une grande perfection. Quand ma sœur cadette, plus jeune que moi de six ans, ut en âge de recevoir les mêmes leçons, ce fut moi qu'on chargea de cet enseignement près de ma sœur. Ma mère était d'une douceur et d'une bonté que je ne puis encore me rappeler sans émotion et sans larmes, elle joignait à ces qualités, quand l'occasion l'exigeait, une énergie que rien ne pouvait briser. Du reste, active, simple, aimant la paix de son intérieur, elle ne sortait que pour promener ma sœur et moi, n'allait dans le monde que pour complaire à son mari, et réunissait toutes les qualités qu'un époux peut désirer chez la femme et chez la mère de ses enfants.

Mon père se livrait à de vastes opérations de commerce; toujours préoccupé, toujours au milieu des inquiétudes et des agitations de ses affaires, il trouvait à peine une heure, chaque matin, pour nous embrasser et recevoir les témoignages de notre tendresse. Souvent même il était obligé d'entreprendre de longs voyages qui le tenaient éloigné de sa famille pendant plusieurs mois; je n'oublierai jamais la dernière fois qu'il se sépara de nous: il était pâle, inquiet, et des larmes s'échappaient malgré lui de ses paupières. Il nous rappela le respect et l'obéissance que nous devions à notre mère, nous embrassa avec une sorte de désespoir et ne put s'arracher d'auprès de nous qu'en usant sur lui-même d'une sorte de violence.

Ma mère partageait la douleur de mon père; quand il nous eut quittées, elle nous fit mettre en prières. Chaque matin, en nous menant à la messe, elle nous exhortait à implorer, de toute la ferveur de notre âme, la miséricorde du Très-Haut.

Deux mois s'écoulèrent de la sorte.

Un matin, ma mère entra dans la chambre où je couchais avec ma sœur. Ma mère était pâle, comme on doit l'être dans le tombeau. Ses mains tremblaient, agitées par un mouvement nerveux, et les paroles ne pouvaient sortir de ses lèvres péniblement contractées. Elle tomba à genoux et nous fit signe de l'imiter. Nous obéîmes, le cœur serré par l'épouvante. Mille pressentiments douloureux m'oppressaient. « Seigneur, m'écriai-je instinctivement, Seigneur, veillez sur mon père.

« Ce n'est pas pour votre père qu'il faut prier, mes enfants, mais pour vous! Votre père a reçu la récompense de sa vie irréprochable, il est dans le sein de Dieu. »

A ces paroles funestes, je ne sais ce qu'il m'arriva; je sentis comme un grand coup dans mon cerveau. Tout sentiment m'abandonna: et, quand je repris connaissance, je portai autour de moi des regards étonnés; les lieux où je me trouvais ne me rappelaient en rien ni notre maison, ni la chambre que j'y occupais. Ma mère était assise à mon chevet; elle me fit signe de ne point parler, et posa ses lèvres sur mon front brûlant encore: après quoi elle reprit un travail à l'aiguille qu'elle avait quitté lorsque j'avais ouvert les yeux. Huit ou dix jours s'écoulèrent encore sans que ma mère répondît autrement que d'une manière évasive à mes questions.

Quand ma convalescence eut pris un caractère plus certain et plus rassurant, ma mère me dit avec sa simplicité habituelle.

« Mon enfant, la volonté de Dieu nous soumet à de grandes et difficiles épreuves : votre père a été tué par les inquiétudes et les chagrins; frappé, sans qu'il pût le prévoir, par des revers terribles et irréparables, il a succombé aux fatigues. Toute sa fortune ne pouvait suffire à réparer les pertes qui l'avaient accablé; il fallait que le nom de cet homme d'honneur fût souillé de la honte d'une faillite et qu'il ne le léguât point sans tache à ses enfants. Je n'ai point hésité pour lui et pour vous, mes enfants; j'ai remis aux créanciers de votre père la dot que j'avais reçue de mes parents. L'accomplissement de ce devoir nous laisse sans fortune et sans ressources. Ne préférez-vous point la pauvreté au déshonneur, mes filles ? »

Je sautai au cou de ma mère et l'embrassai avec effusion.

« Le travail nous viendra en aide, ajouta la sainte femme; il ne vous sera point trop pénible, car Dieu, dans sa miséricorde, m'a inspiré depuis long-temps la pensée de vous le rendre familier, dès votre plus tendre enfance. »

Bientôt ma guérison devint complète et je pus aider ma mère à travailler à ses côtés. Nous nous mettions à l'ouvrage dès le point du jour, et nous ne le quittions que fort avant dans la nuit. La messe, à laquelle nous allions assister tous les matins, et une récréation d'une demi-heure après nos repas, interrompaient seules ces longues heures qui passaient plus rapidement qu'on ne se l'imagine. Ma mère, en nous donnant l'exemple de l'activité et de la persévérance dans le travail, se plaisait souvent à nous dire des histoires édifiantes ou des récits attachants. Elle savait conter avec un charme infini; la fatigue semblait disparaître quand nous entendions cette voix douce, harmonieuse, qui disait, avec une bonhomie pleine de charmes, des histoires qui nous faisaient tour à tour rire et pleurer.

Une année s'écoula de la sorte; je l'avoue, pas un seul regret de ma vie passée et de notre opulence perdue n'arriva jusqu'à mon cœur. Nous n'avions plus de domestiques pour nous servir, mais ma mère préparait elle-même, de ses mains, les aliments qui composaient nos repas; ces repas étaient d'une appétissante frugalité. Ma mère m'enseignait à la seconder dans les soins domestiques et savait leur ôter ce qu'ils pouvaient avoir de rebutant. Nous avions quitté l'hôtel où s'étaient écoulées mon enfance et celle de ma sœur. Nous habitions maintenant, dans le quartier Saint-Antoine, un joli petit appartement, exposé au midi, bien aéré, attendu qu'il se trouvait au quatrième étage, et composé de deux chambres et d'une petite cuisine; l'une de ces deux chambres servait de dortoir à ma mère, à ma sœur et à moi; l'autre était notre atelier et notre salon, comme nous l'appelions en riant.

Avec le fruit de notre travail, nous trouvions

moyen de suffire à nos modestes dépenses, et même de faire quelques économies et de garnir de fleurs notre petite fenêtre. C'était là notre luxe et notre joie; un bouton de rose qui tardait à s'épanouir, une fleur qui s'ouvrait dans toute sa splendeur, une feuille qui commençait à jaunir, un papillon, une mouche, un insecte qui se montraient sur nos arbustes, nous causaient des émotions de joie sans cesse nouvelles et sans cesse plus vives.

Hélas! au milieu de cette existence calme et douce, notre inexpérience ne nous laissait point apercevoir que le germe fatal d'une inexorable maladie dévorait lentement notre mère. Nous nous expliquions sa tristesse par la douleur qu'avait laissée dans son âme la mort de notre père, et nous ne soupçonnions pas que ses larmes, c'était sur nous qu'elle les versait. Cependant elle ne diminuait ni son travail ni ses veilles; elle exécutait les prescriptions que lui conseillait un vieux médecin du voisinage; mais elle le faisait sans espérance et comme l'accomplissement d'un devoir.

Un matin, la broderie qu'elle tenait lui échappa des mains, une fièvre ardente se déclara; il fallut qu'elle se traînât, appuyée sur nous, jusqu'à son lit. Comme nous pleurions!

« Mon enfant, me dit-elle, le moment d'une nouvelle séparation et de nouvelles épreuves ne tardera point à arriver pour nous. Je le sens, les heures qu'il me reste à vivre sont marquées par la volonté de Dieu. Va dire à monsieur le curé que je désire recevoir ses exhortations et les secours de la religion ; va, mon enfant, et reviens bien vite pour veiller sur ta jeune sœur, car tu ne tarderas pas à devenir la seule mère qui lui restera en ce monde. »

Dieu me donna la force d'exécuter les ordres de ma mère ; éperdue et privée pour ainsi dire de ma raison, je courus chez le respectable prêtre qui venait quelquefois rendre visite à ma mère. Je n'eus pas besoin de lui expliquer les motifs qui m'amenaient près de lui. Il me montra le crucifix qui s'élevait sur sa cheminée :

« Mon enfant, me dit-il, voici un divin martyr qui est mort dans l'opprobre et dans les souffrances pour le salut des hommes ; pas un murmure, pas une plainte n'est sortie de ses lèvres. Que votre volonté soit faite ! a-t-il dit à son divin Père, en portant à ses lèvres le calice d'amertume. Imitez cet auguste exemple ; comme le Sauveur, résignez-vous aux volontés de Dieu. »

Je courus rejoindre ma mère, et le curé ne

tarda point à se rendre près d'elle. Nous la laissâmes seule quelques instants avec le respectable ecclésiastique.

On ne différa point long-temps à nous rappeler près de ma mère.

« Ma chère fille, me dit-elle, Dieu ne tardera point à me retirer de ce monde; sans la pensée que sa miséricorde ne cessera point de veiller sur vous, la mort me serait pleine d'amertume et de désespoir. Vous n'avez que seize ans; vous ne connaissez que vaguement les périls et les souffrances de la vie..... Pauvre, réduite à vivre du travail de vos mains, et à satisfaire aux besoins de votre sœur trop jeune pour se venir en aide à elle-même, vous avez de grands et pénibles devoirs à remplir. Songez-y bien, il faut que vous soyez, en tout temps et en toute circonstance, la mère de votre sœur. »

Elle me fit signe, en disant cela d'une voix défaillante, de placer ma sœur sur ses genoux.

La petite fille, qui ne comptait que cinq ans, regarda ma mère avec une attention au-dessus de son âge, et que commandait sans doute le caractère imposant que les approches de la mort répandaient sur les traits de ma mère.

« Angélique, dit-elle en soulevant sa tête appesantie pour poser un baiser sur les cheveux blonds de la petite fille; Angélique, écoute-moi bien. »

L'enfant attacha sur ma mère ses grands yeux pleins de larmes.

« Je vais, reprit ma mère, m'en aller pour long-temps. »

Angélique ne put retenir davantage ses larmes.

« Quand je ne serai plus là, ma fille, c'est ta sœur qui sera ta petite mère; il faut que tu lui obéisses en tout comme à moi-même. Je serai aux pieds du bon Dieu, et de là je verrai tout ce que tu feras.

— J'obéirai bien à ma sœur, maman.

— Seigneur, bénissez-les et abritez-les sous votre aile; Seigneur, veillez sur ces pauvres orphelines! »

En achevant ces paroles, ma mère prit le crucifix que le prêtre avait posé sur son lit, le baisa de ses lèvres brûlantes et nous fit signe de l'imiter.

Alors le vicaire du curé arriva pour lui donner l'Extrême-Onction. Abîmée de douleur au pied du lit de ma mère, je priais et je pleurais, sans voir et sans entendre distinctement ce qui se passait autour de moi : il me semblait que je me trouvais au milieu des vertiges et des illusions d'un rêve.

Tout à coup le bruit cessa, la voix des prêtres se tut et ma sœur Angélique se jeta dans mes bras avec un cri déchirant.

On venait de voiler le visage de ma mère en rejetant le drap sur sa tête.

Il y a des douleurs que les paroles humaines ne sauraient exprimer. Pendant trois jours, le bon curé nous emmena chez lui ; ce fut encore lui qui remplit envers les restes de ma pieuse mère tous les tristes devoirs de l'inhumation. Ces trois jours expirés, il nous mena prier, ma sœur et moi, sur la fosse de ma mère, et nous reconduisit ensuite dans notre logement. Quand j'entrai dans ces lieux vides et silencieux, je faillis m'évanouir.

« Il vous faut de la force, mon enfant, me dit-il ; il vous en faut pour vous et pour votre sœur. Vous n'avez aucun parent à Paris qui puisse veiller sur vous ; je serai votre tuteur. Quand les devoirs de mon ministère me le permettront, je viendrai vous voir. N'hésitez pas à me consulter chaque fois que vous vous trouverez dans une circonstance qui vous semblera nécessiter mes avis. Adieu, je veillerai à ce que le travail ne vous manque point. Travaillez, mon enfant ; après la confiance en Dieu, le travail est la plus efficace protection sous laquelle puisse se placer une orpheline. »

CHAPITRE IV.

Les fruits d'une bonne action.

La dame inconnue interrompit un moment son récit ; les souvenirs douloureux qu'elle venait d'évoquer avaient profondément excité son émotion.

Ses trois filles vinrent se presser tendrement près d'elle et lui baisèrent les mains.

« Venez, mes enfants, venez, leur dit-elle ; j'ai besoin de votre amour et de ses témoignages, quand ma pensée évoque le souvenir de ma mère et du père bien-aimé que la mort m'a enlevés. Venez, venez, car mon cœur se déchire comme au moment fatal où, seule avec ma sœur, il me fallut lutter contre l'isolement et la pauvreté.

Pendant six années, telle fut mon existence, mes amis ; heureuse encore quand la maladie ou le manque de travail ne venaient point augmenter nos souffrances! Une fois, pendant un hiver des plus rigoureux, sans pain, sans feu, après avoir épuisé toutes nos ressources, nous nous trouvâmes dans l'affreuse alternative de mourir de faim et de froid, ou de recourir à la charité. Ma sœur, qui comptait alors douze ans, et chez laquelle le malheur avait développé d'une façon précoce la raison et la sensibilité,

se jeta dans mes bras, éplorée et sans force. Nous nous mîmes à genoux, nous demandâmes à Dieu de ne point nous abandonner, et nous sortîmes, ma sœur et moi, en nous tenant par la main.

Après avoir erré long-temps dans les rues de notre quartier, sans oser entrer dans aucune maison, nous sentions le désespoir s'emparer de nous, quand je vis une voiture arrêtée devant un magasin. Une résolution subite s'empara de moi, je m'élançai vers cette voiture :

« Du travail, donnez-moi du travail, au nom du bon Dieu ! » murmurai-je d'une voix tremblante.

Un vieillard d'un aspect vénérable se trouvait assis dans cette voiture, dont le cocher tenait déjà les rênes pour donner aux chevaux le signal de s'éloigner. Ce vieillard jeta sur nous un regard de compassion.

—Vous ne me semblez point faites pour mendier, mon enfant, me dit-il. Tenez, prenez cette bourse, je vous prête tout ce qu'elle contient. Quand des jours meilleurs seront revenus pour vous, vous viendrez me rapporter mon argent à l'adresse qui se trouve sur cette carte.

Il mit sa bourse dans ma main, donna ordre au cocher de partir et disparut avant que, dans mon trouble, j'eusse pu lui répondre un mot.

La bourse contenait près de deux cents francs en or. Je me contentai d'y prendre la somme nécessaire pour acheter du pain et du bois, et pour attendre qu'il nous arrivât du travail.

A force d'instances et de démarches, je parvins à m'en procurer et nous nous mîmes, ma sœur et moi, à la besogne avec tant d'ardeur, qu'au bout de six semaines nous étions assez riches pour rembourser à notre bienfaiteur la somme qu'il nous avait prêtée. J'attendis au dimanche suivant, je mis mes meilleurs vêtements et, prenant ma sœur par la main, j'allai assister à la sainte messe. En sortant de l'église, je me rendis chez notre bon curé et je lui racontai tout. Il me gronda de ce que je n'avais pas eu recours à lui dans notre détresse, quoique nous fussions déjà de beaucoup ses débiteurs, et se chargea de porter au monsieur dont je lui remis la carte la bourse aussi intacte que le jour où je l'avais reçue; seulement, je l'avais renfermée dans un autre petit sac en velours, brodé par ma sœur et par moi, et sur lequel j'avais tracé la date de notre rencontre.

Le lendemain, jugez de notre surprise, l'inconnu, amené par monsieur le curé, se présenta chez nous.

—Vous êtes une bonne et noble créature, me dit-il: monsieur le curé m'a raconté toute votre histoire; je viens vous faire une proposition :

c'est de devenir la gouvernante de ma petite fille et de vous charger de son éducation.

— J'accepte avec joie, lui dis-je, pourvu cependant qu'il me soit permis de ne point me séparer de ma sœur.

— La condition est trop juste pour que je n'y acquiesce pas: mademoiselle Angélique viendra demeurer avec vous dans mon hôtel.

En achevant ces mots, il me présenta la main pour me conduire à la voiture. Angélique nous suivit, et dès le soir même nous fûmes installés chez M. le comte de....

C'est encore un nom que je dois vous cacher, mes amis, malgré la joie que j'éprouverais à révéler le nom de mon bienfaiteur.

Quatre années s'écoulèrent pour moi dans cette heureuse situation. L'élève que j'avais à diriger était une jeune fille, douce, intelligente, à peu près de l'âge de ma sœur et qui ne tarda point à éprouver pour nous une vive affection. Le comte surveillait avec sollicitude le plan d'éducation que j'avais adopté pour les deux jeunes filles; il aimait à se faire rendre compte par moi des motifs qui m'avaient décidée à arrêter telle ou telle mesure, et passait de la sorte, à mon insu, un examen de mes sentiments et de ma manière de voir. Cependant il fallait que je travaillasse avec ardeur pour acquérir ou pour perfectionner les connaissances nécessaires à l'accomplissement de mes devoirs près de mon élève. Je ne possédais que des notions d'anglais assez superficielles; je le fortifiai par des études difficiles et solides; il en fut de même du dessin, des sciences naturelles et de la musique surtout. Quelques dispositions naturelles, du travail et de la persévérance me permirent de profiter rapidement des leçons que me donnaient des maîtres payés secrètement par moi.

Après six années de cette existence, au moment où j'achevais l'éducation de mon élève et celle de ma sœur, monsieur le comte me fit prier de passer chez lui.

Je le trouvai assis dans son cabinet : il m'invita à prendre place près de lui et, après un moment de silence, pendant lequel mon cœur battait violemment sans que je susse pourquoi :

— Mademoiselle, me dit-il, j'ai voulu étudier votre caractère, avant de vous révéler un secret. Il faut aujourd'hui que je vous en demande pardon, car vous ne méritiez pas ce doute et cette injure. Écoutez-moi bien. Une partie de ma fortune se trouvait engagée dans la maison de commerce de votre père; sans le sublime dévouement de votre mère, qui n'hésita point à sacrifier sa propre dot et la fortune de ses enfants

pour satisfaire aux créanciers de son mari et sauver l'honneur de son nom, j'étais ruiné; mon avenir se trouvait à jamais détruit. Vous vous êtes montrée digne de votre mère, mademoiselle, en me rapportant avec une fidélité scrupuleuse la bourse que je vous avais donnée; enfin, je vous dois la plus grande reconnaissance pour l'éducation solide et vertueuse que vous avez donnée à ma fille.

— Mais, monsieur le comte, repris-je tout

étonnée de ces éloges, je n'ai fait que remplir strictement les devoirs de ma position. Ne serais-je point une misérable digne de mépris, si je n'avais cherché à justifier la confiance dont vous m'honoriez !

— Vous avez fait votre devoir, c'est à moi maintenant à m'acquitter du mien, interrompit-il. Voici que vous comptez vingt-sept ans ; il faudrait songer à vous établir. Éprouveriez-vous de la répugnance à recevoir un époux de ma main ?

— Monsieur le comte ne se rappelle point que je suis sans fortune.

— Je n'oublie rien, mademoiselle ; voyons, un mari de trente-six ans, dans une position honorable et choisi par moi, vous conviendrait-il ?

— Choisi par vous, monsieur le comte... je n'hésiterai point à vous affirmer que je remplirai en chrétienne, à son égard, mes devoirs de femme soumise et dévouée.

— Voici le plus beau jour de ma vie, car je donne à mon fils une femme qui l'entourera de bonheur.

— Votre fils, monsieur le comte ! m'écriai-je éperdue.

— Oui, mon fils.

Une porte s'ouvrit et je vis entrer le fils de mon bienfaiteur, qui me pria de confirmer la promesse que j'avais faite à son père.

Dieu, dans son immense bonté, bénit notre union. Il m'avait donné un mari pieux, digne du plus profond respect et qui m'entourait de sa protection et de sa tendresse. Ce mari me permit de vivre loin du monde et de me consacrer exclusivement à l'éducation des trois filles que la bonté céleste nous accorda. La première base de cette éducation fut la crainte de Dieu et l'amour du travail : pour leur rendre le travail plus doux, pour mieux leur en faire sentir la nécessité et l'importance, je pris la résolution de faire payer ce travail, d'après sa valeur véritable, par des personnes tout à fait étrangères ; je voulus en outre que le prix en fût employé à des bonnes-œuvres. C'était encore un moyen de démontrer la nécessité du travail et ses avantages. Voilà pourquoi, madame la lingère, nous venons d'un quartier bien éloigné du vôtre, vous demander des chemises à coudre. C'est encore le motif, monsieur le boulanger, qui nous fait employer à des achats de pain l'argent que nous recevons de madame la lingère. Nous avons nos pensionnaires qui reçoivent chaque semaine leur pain de six livres, et qui prient Dieu pour le père de mes enfants et pour leur aïeul, monsieur le comte de....

Enfin, une ou deux fois la semaine, nous venons aider dans son travail quelque personne pauvre et malade, comme je le fus autrefois. A nous quatre nous réparons le temps qu'elle a perdu; nous mettons sa besogne au courant, et nous nous retirons en bénissant Dieu de ce qu'il nous a permis de faire un peu de bien, et de venir en aide à des souffrances qui furent autrefois les miennes et que peut-être les secrets de la Providence réservent, comme des épreuves, à mes enfants : car la fortune est fragile, et se brise dans les mains qui croient à sa durée.

— Merci de votre histoire, dit la lingère; elle m'a émue et elle m'a consolée. Je vous demande en grâce de continuer à venir prendre de l'ouvrage chez moi. Les visites d'une personne comme vous doivent porter bonheur et attirer la bénédiction du ciel.

— Quant à moi, dit le boulanger, je vous demande la permission de m'associer à vos bonnes-œuvres et vous prie d'accepter toutes les semaines un pain de six livres, que ces trois jeunes demoiselles voudront bien distribuer à un de leurs pauvres protégés.

— Nous acceptons, dit madame de...

— Mais voici que nous avons terminé les travaux de couture de notre malade. Tout en jasant et tout en écoutant, nous n'en avons point perdu un coup d'aiguille ; il est temps de nous retirer. Mon mari attend ses filles et il éprouverait de l'inquiétude si nous dépassions l'heure habituelle de notre retour. Adieu, mes amis ; songez que je veux rester une inconnue pour vous et que, si vous cherchiez à découvrir mon nom et ma demeure, vous cesseriez de me voir.

Apparemment que le boulanger et la lingère n'enfreignirent point l'ordre de la dame mystérieuse, car elle continua, le jeudi de chaque semaine, à venir visiter le faubourg St-Antoine, et sa voiture ne manquait jamais de s'arrêter devant le magasin de la marchande de chemises et devant la boutique du fabricant de pain.

Un an s'écoula de la sorte. L'arrivée de la voiture était pour les deux honnêtes artisans une véritable fête ; la dame avait une voix si douce et savait dire de si bonnes paroles, les jeunes filles étaient si jolies, si modestes, si prévenantes, si pleines d'affabilité !

Le lendemain de leur dernière visite, la lingère accourut chez le boulanger.

« Quel malheur, dit-elle, que nous ne sachions pas l'adresse de la dame inconnue !

— Je regarderais au contraire comme un grand malheur de la connaître; car ce serait nous exposer à ne plus la revoir, et j'avoue que j'en éprouverais un véritable chagrin.

— Moi aussi certainement; néanmoins je suis certain qu'elle ne serait point fâchée que nous lui écrivissions un mot, si nous connaissions son adresse: car il s'agit d'une bonne action et d'un acte de charité.

— Contez-moi cela, ma voisine.

— La maison qui se trouve en face de celle que j'habite est un petit hôtel garn idans lequel viennent loger les voyageurs trop pauvres pour louer les appartements si chers des autres quartiers.

— Je sais cela, voisine.

— Or, il y a trois mois, un homme de quarante ans environ, vint s'établir dans cet hôtel garni, avec sa femme et quatre enfants ; le père était un excellent ouvrier imprimeur, il gagnait jusqu'à cinq et six francs par jour, comme metteur en page. Un jour, qu'il revenait de son imprimerie et qu'il passait près du canal, il entendit des cris. Il courut vers le côté d'où provenaient ces appels de détresse et se trouva face à face avec trois misérables qui attaquaient un passant pour le dépouiller. Ce brave imprimeur n'avait d'autre arme qu'un bâton. Il tomba,

sans hésiter, sur les assassins, opéra une heureuse diversion en faveur du malheureux attaqué; secondé par lui, il mit en fuite les trois brigands; ce ne fut pas toutefois sans avoir reçu une blessure et des coups violents dans la poitrine.

» Il rentra chez lui sans trop s'inquiéter de cette blessure qui semblait n'avoir rien de grave; la blessure ne présentait rien de dangereux en effet, mais les coups ne tardèrent pas à produire des symptômes fâcheux. L'imprimeur éprouva des souffrances vagues dans la poitrine ; son teint devînt pâle, puis livide ; sans souffrir des douleurs aiguës, il succombait à un malaise et à une langueur qui le consumaient lentement. Jugez du désespoir de sa pauvre femme, qui le voyait ainsi dépérir ; ils consultèrent les médecins les plus habiles, les médecins n'y purent rien. Le mal continua sa marche funeste ; le laborieux père de famille ne s'en rendait pas moins tous les matins à son atelier et ne cessait pas d'y donner l'exemple du travail, malgré la faiblesse qui l'épuisait.

» Une après-midi le composteur s'échappa tout à coup de ses mains, il tomba sur le plancher, et quand on le releva il avait rendu son âme à Dieu. Je vous laisse à penser la douleur de la pauvre femme, quand on lui rapporta le cadavre inanimé de son mari. Elle n'était que trop préparée à ce coup funeste, et cependant *il* la frappa avec une telle violence que la fièvre et le délire s'emparèrent d'elle et la réunirent en trois jours à son mari.

» Elle est morte ce matin. »

Le boulanger essuya une larme qui coulait sur ses joues.

« Et voilà quatre orphelins, dit-il, quatre

orphelins sans doute dans l'impossibilité de suffire à leurs besoins.

— Assurément, reprit la lingère, puisque l'aîné est un charmant petit garçon de sept ans, et que la plus jeune des petites ne compte que dix-huit mois.

— Je comprends à présent pourquoi vous désirez l'adresse de notre bonne inconnue.

— Sans doute, car voici quatre orphelins étrangers dans Paris, sans parents, sans protecteur, qu'on va mettre à l'hôpital ; cela fend le cœur. Ah ! notre excellente dame n'aurait point souffert cela, et dire que nous ne la verrons pas avant jeudi, et que c'est aujourd'hui seulement vendredi ! pourquoi n'ai-je point su tout cela hier ?

— Écoutez-moi, voisine, dit le boulanger après un moment de réflexion, il y a un moyen d'arracher ces enfants à leur triste sort.

— Lequel, voisin ?

— Ils sont quatre, prenons-en chez nous, chacun deux. Pendant huit jours nous trouverons bien de quoi les nourrir et les loger ; je dresserai un lit de plus dans la chambre de mes enfants.

— J'approuve fort votre idée; je prendrai les deux plus jeunes, deux jolies petites filles.

— Et moi, les garçons ; dans huit jours la dame inconnue se chargera d'eux, j'en suis sûr. »

Les deux charitables artisans se hâtèrent d'aller mettre à exécution leur bienfaisant projet. Ils ramenèrent chacun chez eux deux des orphelins.

Le boulanger les traita comme s'ils eussent été ses enfants, et la lingère, qui était veuve et qui n'avait point de famille, se sentit tout heureuse en se voyant deux petits anges à entourer de soins et à caresser. Cinq jours après l'installation des orphelins chez leurs bienfaiteurs, une lettre arriva par la poste à la lingère. Cette lettre renfermait un mandat de cent francs et un billet contenant les lignes suivantes :

« Madame la lingère, je suis obligée de quit-
» ter brusquement Paris et d'entreprendre un
» long voyage : voici cent francs pour les ou-
» vrages de couture que vous nous avez confiés
» et que nous emportons avec nous.

» LA DAME INCONNUE. »

Saisie de surprise et de tristesse, elle courut aussitôt communiquer sa lettre au boulanger.

« En voici bien d'une autre, dit-elle ; lisez,

voisin, lisez : la dame inconnue est partie pour ne plus revenir de long-temps. »

Le boulanger lut et relut la lettre.

« Qu'allons-nous faire? A quel parti nous arrêter ? Que vont devenir les pauvres orphelins? » demanda la lingère.

Le boulanger passa ses mains blanches de farine sur son front, et se mit à réfléchir quelques instants.

« Je suis pauvre et j'ai deux enfants, dit-il; cependant mon cœur se fend à la pensée d'abandonner les deux orphelins qui mangent depuis cinq jours le pain de ma famille : ce sont deux petits garçons pleins d'intelligence et de douceur, qui se montrent reconnaissants comme de grandes personnes et que mes enfants aiment déjà comme des frères. Le maître d'école chez lequel je les ai placés ne peut m'en faire assez d'éloges.

— Et moi, interrompit la lingère en pleurant, jamais je n'aurai le courage de mettre à l'hôpital deux petites filles qui s'endorment tous les soirs sur mes genoux.

— Vous du moins, voisine, vous n'avez point d'enfants; mais, moi, mes charges sont lourdes, et j'ai déjà bien de la peine à suffire par mon travail aux besoins de mon ménage.

— Si je ne passais pas une partie des nuits

à coudre je ne parviendrais pas à payer mon terme quand les trois mois de loyer expirent, reprit la lingère.

— Eh bien, n'importe, croyons-en notre cœur, s'écria le boulanger, le bon Dieu qui nous a inspiré la pensée de recueillir chez nous ces enfants ne les abandonnera pas plus que leurs parents d'adoption ; j'en travaillerai davantage, et si l'un de nous deux se trouve gêné l'autre lui viendra en aide. » La lingère tendit la main au boulanger pour conclure ce pacte charitable, et ils s'en retournèrent chacun à leur travail avec une ardeur nouvelle. Lorsqu'on s'arrête à une décision généreuse, on ne comprend point souvent l'étendue des obligations que l'on contracte et des épreuves auxquelles on se soumet.

La lingère et le boulanger eurent plus d'une crise à subir; cependant ni l'un ni l'autre n'éprouva jamais un regret de la bonne œuvre qu'ils avaient faite. Plutôt que de laisser manquer de quelque chose les deux petites filles, la lingère passait les nuits au travail et eût vendu jusqu'à la dernière pièce de son mobilier. Le boulanger avait renvoyé un de ses ouvriers, qu'il remplaçait lui-même afin que cette économie profitât aux deux petits garçons. Il voulait qu'aucune différence n'existât entre les soins que recevaient les orphelins et ses propres enfants; il leur donnait la même éducation, et il y avait des moments où le cœur de cet honnête homme ne savait plus les distinguer les uns des autres dans la tendresse qu'il leur portait.

Cinq années s'écoulèrent de la sorte, années de sacrifices pénibles, de privations sans nombre, de travail forcé et de sollicitude perpétuelle. Un matin que la lingère achevait dans sa boutique de débarbouiller les petites filles, jugez de sa surprise et de sa joie quand elle vit un carosse s'arrêter devant sa porte, et la dame inconnue descendre accompagnée de quatre jeunes personnes dans lesquelles elle reconnut ses visiteuses d'autrefois.

« Voici bien long-temps que nous nous sommes vues, madame la lingère, dit la dame avec sa bonté ordinaire, voulez-vous encore de nous pour ouvrières ? »

La lingère raconta l'histoire des orphelins. La dame et ses filles écoutèrent ce récit avec un vif intérêt, et caressèrent beaucoup les enfants ; cependant, à la grande surprise de la bonne femme, elles ne firent aucun cadeau aux enfants et ne parlèrent même pas de leur venir en aide. Une des jeunes personnes avait tiré sa bourse de sa poche, mais elle l'y remit aussitôt sur un signe de sa mère.

La lingère ne put réprimer un léger mouvement d'humeur quand la dame fut remontée en voiture. « Elle n'a rien fait pour mes enfants, soupirait-elle, je croyais qu'elle se chargerait au moins de payer le prix de leur école. Hélas ! elle n'y a même pas songé. Que dis-je ! elle a empêché une de ses filles de donner quelque monnaie à l'une des petites. Tant mieux, après tout, mes filles adoptives ne sont pas des mendiantes, et Dieu me fera la grâce d'élever seule et sans aide étrangère mes enfants, oui, mes enfants. »

Le boulanger partagea la surprise et la tristesse de sa voisine.

Cependant de huit jours en huit jours la dame, avec ses filles, venait comme par le passé rapporter en voiture la lingerie confectionnée et acheter des pains pour les pauvres du quartier. Elles trouvaient les enfants charmants et leur donnaient des bonbons ou des jouets, mais jamais rien de plus.

Six mois s'écoulèrent encore. Après ces six mois, un matin, vers onze heures, la voiture arriva devant la boutique de la lingère.

« Veuillez mettre de suite vos habits des jours de fête, madame la lingère, dit l'inconnue; mes filles vont habiller vos deux enfants.

— Et pour quoi faire? demanda l'ouvrière stupéfaite.

— Pour nous accompagner quelque part.

— Où donc, s'il vous plaît, madame?

— Vous savez que nous sommes les personnes les plus mystérieuses de la terre. Nous ne pouvons rien vous dire, il faut que vous nous suiviez de confiance. »

La lingère, après une courte hésitation, alla se parer de ses plus beaux habits, fort modestes d'ailleurs, comme vous le supposez sans doute. Les enfants furent prêts en un moment. Au même instant une seconde voiture arrivait devant la porte ; elle amenait le boulanger, les deux garçons adoptifs, sa femme et ses enfants. La lingère suivit en silence dans le carrosse la dame et ses filles, qui prirent sur leurs genoux les deux orphelines; les cochers fouettèrent leurs chevaux et le petit cortége se mit en route. Il traversa le boulevard, passa les ponts et s'arrêta devant l'Institut. La lingère et le boulanger éblouis suivirent la dame dans une salle étincelante de lumières, et s'assirent tout confus près d'elle, au milieu d'une foule brillante. Ils ne savaient point ce que cela voulait dire. La séance ne tarda point à s'ouvrir. Après quelques discours, un personnage grave et vêtu d'un habit à broderies vertes, prit la parole et annonça qu'il allait proclamer les noms des personnes qui avaient mérité les prix de vertu fondés par M. de Monthyon. Il commença alors l'histoire d'une pauvre lingère et d'un laborieux boulanger qui n'avaient point hésité à devenir les parents adoptifs de quatre orphelins, qui leur avaient donné une éducation honorable et qui s'étaient montrés pour eux d'une tendresse vraiment paternelle. C'était leur histoire qu'on proclamait à voix haute devant cette assemblée, qui réunissait toutes les sommités du pays.

Quand ils se levèrent émus, troublés, atten-

dris, pour aller recevoir la couronne qui leur était décernée, des applaudissements unanimes les saluèrent avec transport et firent couler de leurs yeux des larmes de joie.

« Hé bien, leur dit la dame inconnue, quand, après la solennité, elle les eut ramenés dans son hôtel, où les attendait un dîner de famille ; hé bien, mes amis, m'accusez-vous encore de froideur et de peu d'affection pour vos enfants d'adoption ? »

Ils prirent sa main et la couvrirent de baisers pour toute réponse.

« Maintenant, dit-elle, vous me permettrez de prendre ma part de votre bonne action ; je me chargerai de l'éducation de vos quatre enfants d'adoption, et des vôtres aussi, mon cher boulanger. Ils trouveront dans mon mari un protecteur qui veillera sur eux et qui préparera honorablement leur avenir. Venez, mes amis ; consacrons le reste de la journée à la joie. Mon mari vous attend avec impatience ; il est fier de recevoir chez lui des cœurs aussi nobles que les vôtres.

CHAPITRE V.

Conclusion.

A quelque temps de là, la dame inconnue, qu'il est seulement permis à l'auteur de cette histoire de désigner par son titre de comtesse avec l'initiale V..., accompagna son mari, appelé à remplir un poste important en pays étranger. Elle ne quitta point Paris sans prendre congé des braves gens qu'elle honorait de son amitié, et fit promettre à la lingère et au boulanger qu'ils n'hésiteraient point à lui écrire et à recourir à ses services, si jamais ils venaient à en avoir besoin. Le boulanger et la lingère, émus jusqu'aux larmes du départ de leur bienfaitrice, lui répondirent qu'ils n'avaient plus rien à désirer ici-bas, parce que, grâce à elle, leurs enfants d'adoption se trouvaient dans une position heureuse, et que, grâce à l'excellente éducation qu'ils recevaient, ils ne sauraient manquer de se créer plus tard un sort honorable.

« Mes deux filles, ajouta la lingère, sont deux anges de douceur ; elles me sont déjà d'un grand secours dans mon magasin.

— Leurs frères sont dignes de si bonnes sœurs, interrompit le boulanger ; ils ne tarderont point à entrer en apprentissage : je veux en faire des compositeurs d'imprimerie comme était leur père.

— Lorsque vous mettrez à exécution ce projet que j'approuve, dit la dame, voici une somme qui payera les premiers frais d'apprentissage. Quant à vous, madame la lingère, vous voudrez bien vous charger, n'est-ce pas, des deux bourses que voici en les plaçant à la caisse d'épargne; elles formeront une petite dot à vos filles. Adieu, que la Providence veille sur vous !

— Nous la prierons sans cesse pour qu'elle vous comble de ses faveurs, vous et votre famille, madame, répliquèrent ces braves gens; Dieu ne vous tiendra pas long-temps, je l'espère, séparée de nous. »

Quinze années s'écoulèrent avant que la comtesse de V... rentrât en France. La mission dont se trouvait chargé le comte, son mari, ne lui permit de rentrer en Europe que l'année dernière seulement. Bien des événements s'étaient succédé pour sa famille pendant ce long intervalle de temps; ses filles, devenues de grandes personnes, avaient formé des mariages honorables, et, grâce à la sollicitude de leur digne mère, avaient trouvé dans leurs époux des guides pieux, d'un esprit juste et d'un cœur pur et droit. Elle même avait vu les années s'accumuler sur sa tête sans regret comme sans crainte. Le bonheur de ses enfants ne lui laissait rien à désirer et comblait tous ses vœux.

Elle n'en salua pas moins comme un événement heureux et désiré les nouvelles de son prochain retour en France : on ne vit pas impunément loin du pays où l'on a reçu le jour ; on a beau posséder hors du sol natal une famille aimée et une position heureuse, on ne saurait rester insensible au mal du pays.

Madame la comtesse de V... ne laissa rien sur la terre étrangère qui pût altérer sa joie et lui laisser des regrets ; elle revint en France, accompagnée de ses quatre filles et de son mari.

Une de ses premières visites fut pour le boulanger ; à sa grande surprise, elle remarqua des changements importants dans la façade de la boutique ; personne ne vint sur le seuil pour l'aider à descendre de sa voiture, et une jeune femme d'une physionomie intéressante se tenait dans le comptoir.

« Mon beau-père habite la campagne, répondit-elle en reconnaissant enfin la comtesse qui retrouva en elle une des jeunes filles adoptées par la lingère, sa joie sera bien grande de revoir une personne dont il parle souvent avec émotion !

— Eh bien ! c'est demain dimanche, et j'irai lui rendre une visite après la grand'messe. Quel village habite-t-il ?

— Asnières, madame.

— Ne lui parlez pas de moi, dit-elle, je veux lui causer une surprise.

— Je me conformerai aux intentions de madame la comtesse, répliqua la jeune femme, dont les manières étaient charmantes. »

Madame de V... se garda bien de manquer au rendez-vous; elle se rendit le lendemain matin au joli village d'Asnières, et ne tarda point à arriver, d'après les renseignements que lui avait donnés la boulangère, devant une jolie petite maisonnette qui s'élevait au milieu d'un jardin. Un vieillard, assis dans un bon fauteuil, se chauffait au soleil sur le seuil de la porte; autour de lui jouaient de petits enfants, et une vieille femme lisait à voix haute une histoire, écoutée avec une profonde attention par un groupe de jeunes femmes et de jeunes hommes. La comtesse reconnut dans cette femme son ancienne amie la lingère.

A la vue de madame de V..., tout le monde se leva, et le boulanger ne put retenir des larmes de joie; quant à la lingère, l'émotion l'empêcha de proférer un seul mot.

Quand ils furent remis un peu de leur trouble :

« Madame la comtesse, dit le vieillard,

voyez si je ne suis pas le plus heureux des hommes! Je vous dois d'avoir trouvé dans ma voisine la lingère une amie sûre et dévouée; enfin, grâce à vous, à vos bons conseils, ma famille s'est doublée : les deux jeunes filles adoptées par ma vieille amie ont épousé mes fils, et mes fils ont pris pour femmes les sœurs de ces braves garçons, devenus d'habiles compositeurs d'imprimerie. Après le mariage, ils m'ont dit tous les huit :

— Vous avez travaillé cinquante ans pour votre famille, c'est maintenant, père, au tour de votre famille à travailler pour vous.

» Je suis venu habiter la campagne dans cette jolie maisonnette, dont, grâce à Dieu et au travail de mes enfants, le prix d'acquisition n'a point tardé à être payé. Tous les dimanches ils viennent passer la journée avec moi; ils me content leurs affaires, me demandent mes conseils, m'assurent une aisance honorable par leur travail, leur intelligence et leur probité.

— Vous avez eu le prix de vertu, père, me disent-ils, il ne faut pas que nous dégénérions: nous voulons rester dignes de vous!

— Et ils le seront! dit la comtesse de V.. ; car ils ont compris que le bonheur consiste non pas à vouloir sortir de la condition dans laquelle Dieu nous a placés, mais à chercher à rendre plus douce encore cette condition en l'améliorant par le travail et en l'ennoblissant par la vertu. »

FIN.

Ouvrages vente et approuvés par Monseigneur l'Archevêque de Paris.

Prix : broché, 50 centimes ; cartonné, 55 cent.

Histoire de l'Ancien Testament.	3 vol.
Histoire du Nouveau Testament.	2 vol.
Histoire de France.	4 vol.
Promenades géographiq.	2 vol.
Petite Morale en action et en images.	2 vol.
Petite Histoire des Arts et Métiers.	2 vol.
Petite Histoire de Paris et de ses environs.	1 vol.
Eléments de la Grammaire française	1 vol.
Fables choisies de La Fontaine.	1 vol.
Arithmétique.	1 vol.
Pierre Desbordes ou le danger des mauvaises liaisons, par M. d'Exauvillez.	2 vol.
Le Nid de Ramoneurs.	1 vol.
La Bûche de Noël.	1 vol
Histoire d'Angleterre.	4 vol.
Laideur et Beauté.	1 vol.
Les Péchés capitaux, par M. Fournier.	2 vol.
Histoire de sainte Geneviève, p. M. Valentin.	1 vol.
Histoire de saint Vincent de Paul, p. M. Nizart.	1 vol.
Le père Lejeune et Samuel le bon fils, par M. A. Chailly.	1 vol.
L'habitant des Ruines, id.	1 vol.
Les Pains de six livres, par M. H. Berthoud.	1 vol.
Comment on devient heureux, p. Mlle Valmore.	1 vol.
Le Contre-Maître, par M. T. Castellan.	1 vol.
La Visite aux Prisonniers.	1 vol.

Ouvrages soumis à l'approbation de Monseigneur l'Archevêque et qui paraîtront en 1844. Un vol. tous les samedis.

Vie de la sainte Vierge, par M. Aigron.	2 vol.
Histoire du Culte de la Vierge, id.	1 vol.
Vie de M. l'abbé Mérault, vicaire général d'Orléans, p. le même.	1 vol.
Vie de M. l'abbé Anot, de Reims, p. le même.	1 vol.
Histoire de Hollande, p. M. H. Berthoud.	4 vol.
Histoire de Belgique, par M. Le Glay.	4 vol.
Tambour et Trompette, par M. Ourliac.	1 vol.
Frère Joseph, id.	1 vol.
Un pauvre devant Dieu, par Mlle Cromback.	1 vol.
Les Pet. Enfants célèbres.	1 vol.
Petite Histoire des Eglises de Paris.	1 vol.
Les Bienfaiteurs de l'humanité.	1 vol.
Histoire d'Allemagne	4 vol.
Une Jeune Fille du Peuple, p. Mlle Cromback.	1 vol.
Comment on devient sage, p. Mlle Valmore.	1 vol.
Petites Lettres édifiantes, ou Lettres des Missionnaires en Chine et au Japon.	2 vol.
—En Océanie.	1 vol.
—En Afrique.	1 vol.
—D. l'Amérique du nord.	1 vol.
—D. l'Amérique du sud.	1 vol.
Soirées des Enfants, contes, par Mme Desbordes-Valmore.	1 vol.
Les Enfants devant Dieu, par le même.	1 vol.
La Mère de Famille, id.	1 vol.
Souvenirs d'une Grand'-Maman, idem.	1 vol.
Les Heures du Berceau.	1 vol.
La Famille du Pêcheur.	1 vol.

IMPRIMÉ PAR BÉTHUNE ET PLON, A PARIS.